Bess Brenck Kalischer

Die Mühle

Eine Kosmee

DOGMA

Bess Brenck Kalischer

Die Mühle

Eine Kosmee

ISBN/EAN: 9783954540105

Auflage: 1

Erscheinungsjahr: 2013

Erscheinungsort: Bremen, Deutschland

Bess Brenck Kalischer

Die Mühle

Eine Kosmee

DOGMA

Bess Brenck Kalischer

Die Mühle

Eine Kosmee

CLASSIC PAGES

„Es wächst viel Brot in einer
Winternacht."
Schwedischer Spruch

Es drängte, zuckte, schrie. Schwang. Kruste zersprang.
Langsam hob der Mittelpunkt der Erde eine Kristall=
mühle. Die Flügel klangen: wir sind gekommen der Erde das
neue Brot zu bringen. Jahrtausende hat uns die Tiefe ge=
hegt. Geschlechter haben uns gepreßt. Kein Äderchen an uns
ist ungeprägt. Wir sind die klare Kälte, die Sonne, Mond
und Gestirne nicht mehr verkürzt. Ihr werdet euch sehn. Die
Kirchhöfe eurer toten Augen werden sich öffnen. Ihr wer=
det euch sehn. Ihr werdet euch wiedersehn.

Eine rote nie geahnte Sonne ging auf. Winde hoben
die weißen Flügel. Wie Mondlicht leise mahlten die Steine
des Brotes. Elfen trugen den himmlischen Staub. Wem ein
Korn ins Auge flog sah.

Kohlen glühen im Innern der Erde. Millionen Tiere
verbrennen ihre Gebeine auf eigenen Altären. Millionen
Geschlechter verzehren sich. Immer und immer wieder. Und
die Erde wankt, wenn ein neues Geschlecht kommt. Drei=
hundertsechzig Geschlechter versanken, als der Flügel der
Mühle stand.

Leise fiel eine Nacht. Eine Schneeblüte hing zwischen Himmel und Erde. Die Stimme sprach: Betastet nicht fremde Knie, bevor Ihr in eure eigenen gesunken seid. Es leuchtet Kristall. Dunkel umklingt mein Ohr. Die Mühle hebt sich zum tiefen Himmel. Mein Ohr umschmiegte ein Engel. Ich bin Luzifer, den du vergaßest. Da fielen Gesichte wie perlende Wiesen über mich, und ich sagte sehr leise: Vergaß ich dich, so vergib. Über mein Leben lebte ich hinweg. Nun fühl ich im Ahnen, was je mich hemmte die Bahn zu betreten, du warst es im Grunde der Jugendgenosse, des Bild mir entschwand. Heut endet mein Sehnen. Ich lieg ja im Schlag deines heiligen Herzens lebendig begraben.

Er hob seine Flügel, er wollte mich tragen. Da knarrte die Eule, die Monde verschwanden, ich lag auf der Erde. Die Tiefernste sprach:

Vom ersten Anhauch ein wenig getragen
Glaubst du von Raum und von Zeit dich entbunden.
Törichter Knabe, falte die Flügel.
Vor der Entspannung Aeonen vergehen.

Die Hohlspiegel waren so seltsam abgeblendet. Die große Stadt stach in mich hinein. Alles Fleisch war von ihr abgefallen. Um das Skelett klebten Riesenplakate. Die Wohnung der Zwerge, eine Kobold-Betrachtung.

Ich hatte dies kaum gelesen, wobei sich mir der Magen umdrehte, ich hatte plötzlich im Innern auch Augen, als Raketen aus den Plakaten flogen, und jede Kugel, die platzte war eine kleine Geschichte.

Lang, lang ist's her, sagte der Diamant zur Steinkohle. Hab ich dir nicht schon damals gesagt, es kommt nur auf das Licht an, sagte die Kohle und verbrannte. Ja, so gewiß der Kohle ihr ewiges Recht war, so schneide ich jetzt mit dem Diamanten die Hohlspiegel auf. Aber da ging schon die zweite Rakete los.

Die Steinzeit.

Die Steinzeit liegt auf meinem Hirn wie ein Block. Drückend, erdrückend.

Alle Schienen meines Perpetuum mobile sind verdrückt.

Und früher ging alles wie geölt.

Früher.

Der Block drückt auf mein Hirn. Drückt, drückt.

Wäre es die Eiszeit, so könnte man noch auf einen Sommer hoffen.

Aber man hat es ja immer mit Klötzen zu tun.

Ich war ganz erstaunt, daß auch andere Leute solche Erlebnisse haben, aber da platzte schon die dritte Rakete.

Wie merkwürdig, daß man sich doch Naturwundern nicht entziehen kann, dachte ich noch, als ich schon las.

Die Windhose.

Sieben Windmühlen flogen in die Luft.

Plötzlich, ruckartig.

Eine Windhose war geplatzt.

Nur einem männlichen Bekleidungsstück gelingen noch solche Extravaganzen.

Ich hörte ein klirrendes Kichern neben mir. Aus dem Hohlspiegel trat ein Wesen mit großen Opalaugen und Knabenhüften. Sie gab mir ganz einfach, als ob dieser Hohlspiegel nichts besonderes wäre, die Hand und sagte: Komisch ist nur, daß auch im Kosmischen die Atrappe nachzittert. Zu lang und zu groß war der Einfluß der männlichen Erde. Überhaupt seit Sokrates...

Mein Erstaunen wuchs, aber es, es platzten gleich vier Raketen auf einmal. Und dabei merkte ich erst ein neues Wunder; ich hatte auch außen an der Haut Millionen Augen bekommen. So konnte ich also bequem mehrere Geschichten lesen. Nahm mir aber doch vor, bei einer anderen Gelegenheit auf den Staat, denn was sollte das geheimnisvolle Wesen sonst gemeint haben, zurückzukommen.

Die Aktivistenseuche.

Unter den kleinsten, uns unsichtbaren Sternen brach die Aktivistenseuche aus. Sie rissen sich von ihren Sicherheitsnadeln los, und beschlossen in gemeinsamen Bünden die Zentralsonne abzusetzen. Doch schon auf dem Wege zum Ziel zerfielen sie alle zu Sternstaub. Ein himmlischer, intelligenter Verleger ließ den Vorgang photographieren und gab eine schön gebundene Mappe heraus mit dem Titel: Los von der Sicherheitsnadel.

Gut gebundene Klassenkämpfe finden eben überall ihre Abnehmer.

Die Schnecken.

Die Schnecken gründeten einen Bund zur Bekämpfung des Individualismus.

Jede Schnecke sollte in ihrem eigenen Hause ihre eigenen Gedanken begraben.

Ich hab' es ja immer gesagt, wer nicht bei sich den Anfang macht.

Grün und gelb.

Bei den Affen brach eine seltsame Krankheit aus. Sie
überfiel nur Paare. Der eine wurde grün und der andere
gelb. Und dann tanzten sie gemeinsam um ein rotes Feuer.
Diese Farbenpracht zog sehr viele Ledige sich auch zu ver-
einigen. Affen haben eben noch soviel Schönheitssinn, auch
Hindernisse mit in Kauf zu nehmen.

Farben sind doch nur Äußerlichkeiten sagte das Kamel
und verschluckte ein Prisma.

Das erste Gebot.

Du sollst dir kein Bildnis machen, sagte der Löwe zum
Elefanten.

Der zerstampfte darauf alle Orchideen.

Manchem bleibt eben schon nach dem ersten Gebot
nichts mehr übrig.

Ja, nichts entgöttert die Erde so sehr wie die vorlaute
Antizipation. Statt Dinge reifen zu lassen, zerdrückt man

schon die Keime künftiger Geschicke. Höre was ein Dichter darüber sagt:

Das Herz der Nacht öffnet sich. Millionen Staubfä= den schütten goldenen Samen aus. Ahnen auch wir schon die Zone des Reifens. Die Neigung zum andern, über uns hinaus schwingt ja in jedem Lebendigen. O, daß immer der sanfte Klang eines Mondes die Wiege künftiger Geschicke neigte.

Ja, jede Vorwegnahme ist schon Zersetzung, ist kleiner Verrat. Die große Hingabe umhüllt ihre Liebe wie Isis den toten Osiris umschützt. Sie fragt nicht, sie gebiert ihm den Horus. Die Welt wäre weit weniger verwickelt, wenn sie sich nicht selbst so einfältig einschnürte. Für mich selbst ha= ben Mumien jedenfalls nur noch Altertumswert und sind auf der gleichen Linie wie die Fragen eines Knaben an mich, ob man einen Weisen anders als ästhetisch werten könne. Bei soviel Kulturen gibt es doch nur eine Kultur.

Überspringen wir aber nicht selbst oft die Dinge.

Ja, aber nur um im Flug ihre Bilder mitzunehmen. Auch Bilder sind heilige Dinge. Die Kausalität ist zwar immer identisch, doch nicht dualitätsfrei.

Ich bin erstaunt, daß du Hegel so gut verstanden hast.

Aber sage mir doch, warum soll ich nicht auch einmal von einem Preußen etwas gutes annehmen, ganz abgesehen von dem Vergnügen das...

Da platzte wieder und diesmal eine blaue Rakete.

7

So blau.

Die Zwangseinquartierung bei Meiers war kaum geschehen. Als. — Vorahnungen sind die Menetekel gewissenloser Ungewißheit.

Überhaupt die Erscheinungen. Wo doch in diesem Hause traditionelle Bestimmtheit gang und gäbe.

Und doch trug die Dragoneruniform den Sieg davon.

Auch Altertumsforscher müssen sich an Neuerscheinungen gewöhnen, seit der Tanz um die Guillotine eine Gascognade geworden.

So blau.

Ich sann einen Augenblick nach. Den Verfasser dieser Geschichte kannte ich einmal. Sie wird sicher eine Pyramide von Mißverständnissen bei den Literaturhistorikern hervorbringen.

Ist diese Sorte immer noch nicht ausgestorben.

Ebensogut könntest du mich fragen, ob es noch Universitäten gibt. Und es gibt noch Universitäten, schrie ich plötzlich ganz besessen.

Hat dies einen Zusammenhang mit der kleinen Geschichte?

Ach ich ärgere mich schon im voraus. Ich weiß ganz genau, sie werden sagen. Meier, Meier, nun ja ein Dutzendname zum Verschleiern, wo es sich doch ganz richtig um Meiers handelt. Die Dragoneruniform freilich hat nur eine Bedeutung, die ich selbst dir nicht erklären kann, aber nur um die Scham des Verfassers zu schonen.

Der Schluß aber, der Tanz um die Guillotine ist doch einwandfrei weltpolititisch und hat nichts mit dem Einzelschicksal deines Bekannten zu tun. Selbstverständlich. Gascognaden sind etwas so allgemeines.

So wäre hier also das geistige Band.

Das sogenannte geistige Band ist nur allzu oft metaphysischer Kollektivbegriff, um die Dummen zu binden.

Da. Ks. Ks.

Der Spiegel.

Ohne mich wäre Kant undenkbar, sagte der Spiegel.

Daß ich auch dies noch hören mußte, seufzte die alte Truhe.

Hier hast du wieder einmal den lebendigen Beweis, wie Welten ineinandergreifen. Es gibt eben zwischen Himmel und Erde schon mehr als bloß fragende Augen. Die Brücke des Geheimnisses trägt doch schon manches Lebendige. Die alte Truhe weiß sicher sehr viel darüber. Schade, daß sie so skeptisch geworden ist. Der Kampf um die Luftlinie dürfte nicht anthropomorph geführt werden.

Ks. Ks .

Der Kampf um die Luftlinie.

Die Luftlinie war kaum geschnitten, als ein Kosaken=
regiment aus den Wolken fiel. Kegelschnitte haben eben auch
praktische Bedeutung.

Bestätigt dies nicht genau, was ich eben erst von den
Dingen sagte. Wir haben heute Glück. So lückenlose Be=
weise trifft man selten. Auch sollte man weit öfter: Freut
euch des Lebens als achtet das Sterben rufen. Sieh die merk=
würdige graue Kugel, die nicht platzen will. Sie zittert wie
der Angsttraum eines Dichters. Und diese Kugel war an=
ders. Ein Sprühregen feinster Asche fiel aus ihr, als sie
platzte. Als unsere Augen sich gewöhnt hatten hindurchzu=
sehen, sahen wir einen Zug edelster Gestalten im gleichen
Takt vorwärts schreiten. Die Vorderen hoben einen schwe=
ren Block, der aber nach einer Weile auf sie zurück fiel. Aber
sofort griffen die Hände der Nächsten danach, doch auch sie
wurden erschlagen. So unerklärlich war dies, daß ich mit
einer unerhörten Anstrengung nach vorne flog. Als ich den
Zug vor mir hatte, sah ich, daß all diese Menschen blicklos
waren. Sie waren ohne Gesicht. Da sprach mich mein ge=
heimnisvolles Wesen so an.

Hier sieht eben ein Dichter die Verheerung des Schier=
lingbechers.

Daß Sokrates ihn leerte, ist tausendfach begreiflich.
Der subtilste Ästhet genoß so noch einmal intensiv die ent=
zückenden Tränen seiner Lieblinge. Was konnte den Wissen=

den an dem armseligen bißchen Körper liegen. Selbstmord zur rechten Zeit ist immer etwas Adliges. Aber, daß er eine rein persönliche Angelegenheit mit so falschem Ethos ver= brämte, wird ihm nie verziehen. Das Weinlaub, das er um den Schierlingsbecher wand, ist zum Herbst so vieler Mütter geworden. Das Welken der Welt begann in Athen.

Ich kenne dich noch nicht genug, sagte ich zu meinem geheimnisvollen Wesen; soviel ist mir aber schon jetzt klar, daß du dich in einem diametralen Gegensatz zu herrschenden Ansichten befindest.

Ks. platzte da aber wieder eine Rakete.

Die Fabel.

Die Fabel sagte zur Legende seit ich zur Sage geworden bin, ergrauen meine Schläfen.

Ihr Tiere seid eben noch menschlich, antwortete die Legende. Sieh dir mal meine Heiligen an.

Es gäbe vielleicht viel weniger Füchse in Schafspelzen, wenn es nicht soviel Kälber in Wolfspelzen gäbe.

Du meinst also, eine verbrämte Dämlichkeit bliebe noch immer.

Hier entscheidet der Subjektivismus; ebenso gut könn= test du auch sagen, was einem Kuhdämmler Bonbon ist —

Durch die Blume.

Manche Menschen können nicht genug bekommen, sagte das Kamel zum Elefanten.

Mußt du immer durch die Blume reden, war die Antwort.

Nachdem die Rakete verschillert, sagte ich: Es ist wirklich schwer zu sagen, wo der Mensch anfängt und wo das Schwein endet. Hier müßte ein Philosoph entscheiden. Aber die wagen sich wieder nicht in den Hohlspiegel hinein. So lange die Erde noch ihre Anziehungskraft behält, werden wir also auf ein objektives Urteil in dieser Angelegenheit verzichten müssen.

Kennst du die Nächte, in denen die Sterne weinen, weil der Mond sie nicht küssen will. Er befruchtet die Meere der Erde, damit Aphrodite geboren werde. Einer wird immer dran glauben müssen. Vielleicht ist es ein himmlisches Schicksal, daß Sterne weinen.

Auch Immortellen haben goldenen Glanz. Einmal saß ich am Nil, als die Barke der toten Königin übers Delta trieb. So hatte sie selbst es bestimmt. Weißt du, daß ihre letzten Worte an Cäsar waren: Wer seinen Namen vorausschickt, trifft keine Königin.

Ich dachte es mir so, sagte ich leise. In diesen Zonen hat immer Verschwendung geherrscht und der Kampf gegen Rom. Sieh die blutrote Kugel.

Punische Mütter.

Denn schon im Zeugen fühlet ihr den Baal.
Zeugtet, zeugtet.
Gierig im Schwenden.
Hastig fraß er Geschlechter.
Unersättlich
Stachel, neuem Gebären.
Ihr aber rastet
Gelbe Monde
Weiße Verzehrung.
Ohne Blutdampf, er muß sich entgatten.
Rom — wagst du dich Sieger zu nennen.
Karthago stürzt.

Die Flamme, die sich selbst verzehrt ist freilich edler als jede Keimdrüse. Aber. Je näher wir den Urbildern kommen, das heißt, je mehr wir mit unserm ganzen Wesen die Welt decken, je heftiger springt noch einmal die Sehnsucht nach dem Exklusiven in uns auf. Alte Geschlechter zogen einen Untergang immer einer Angleichung vor.

Um noch einmal von Kleopatra zu sprechen. In dem Augenblick als Ägypten im Tiber mündete, wurde der Puls der Welt Sklave, denn Cäsar zählte. Ja, das Kontobuch wurde sicher in Rom erfunden. Kein Wunder, daß der Geschäftsbetrieb der ganzen Welt dort sein Zentrum hatte. Die doppelte Buchführung schwarz-rot hat so manche Weltführung vernichtet. Die Renaissance war übrigens auch nur der Traum einer verloren gegangen Seeschlacht. Im Grunde hat eben doch Kleopatra bei Actium gesiegt.

Die Völker der mittleren Zone glauben zwar, die Metaphysik gepachtet zu haben.

Du drückst dich eben ungenau aus, unterbrach mich mein geheimnisvolles Wesen; denn gepachtet haben sie sie schon. Du vergißt nur, daß Pacht etwas aus zweiter Hand ist.

Natürlich, sagte ich, aber es ist doch wahr. Erst in der äußersten kalten Zone treffen wir wieder auf Erkenntnisse. Diese Worte fand ich einmal in einem alten isländischen Sagenbuch.

Od wünscht ich.

Bruma kam.

Die Zwergrune schlug den Riesen.

Da rannte das All.

Das Gestaltlose schufen die Götter in hohem Zwang.

Wir versagen da.

Seit ich aus mir herausgetreten bin, sagte da mein geheimnisvolles Wesen, sehe ich alles viel klarer. Nichts verbindet Gestirne so sehr wie Scheidungen. Im Moment der reinen Trennung sind beide wieder auf die große gemeinsame Bahn angewiesen. Das Klettenartige der Menschen aber.

Du hast ganz recht. Selbst der kleinste aufrechte Stern empfängt noch sein Licht von der Zentralsonne. Die Menschheit selbst aber ist schon längst unter den Großen Bären gesunken. Wer weiß heute noch, was Wagen und wer Deichsel.

Bandwürmer sind mir persönlich weit unsympathischer als Lindwürmer.

Du hast recht, ein anständiger Mensch nimmt lieber das Lindenblatt in den Kauf als ... Ja, sich selbst zur Ader zu lassen scheint mir weit besser als...

Du vergißt nur das Eine — daß nicht jeder Mensch Blut lassen kann.

Leider glauben es noch immer viel zu viele. Es gäbe bestimmt weit weniger Einzige, wenn die kleinen Bonbons noch schmackhafter wären. Überhaupt die Magenfrage. Die Präexistenz so manches Futurismus ist nur allzu oft eine unverdaute Kokosnuß. Hast du übrigens, verzeih die Sprunghaftigkeit meiner Diktion in der letzten Zeit, einmal ein fettes Hirn getroffen. Ich wenigstens fand überall nur blaue Milch, und wahrlich keine in der Farbe des Himmels. In schlechten Zeiten rangiert Magermilch eben noch über Spülwasser. Ks.

Die Titel.

Die Titel kamen zu einer Geheimsitzung zusammen. Der Oberste Lampenrat beschuldigte den Dochtzieher, daß er die Unterschere nicht richtig angesetzt hätte. Nebelerschei= nungen sind eben auch Lichtgraden ausgesetzt.

Jede Zwangsjacke ist doch noch freiwillig, sagte mein geheimnisvolles Wesen.

16

Du haſt gut reden, ſagte ich da zu den großen Augen; dich zu bedecken gibt es eben keine Hülle. Mache alſo aus der Not keine Tugend.

Liebe, ſagte es da leiſe, Liebe. Da lagen meine beiden Hände einen Augenblick ſchützend über ihren Sternen.

Mir war ſchon lange die Übereinſtimmung der Raketengeſchichten mit meinem Innern aufgefallen. Ich verſuchte jetzt einmal eine direkte Einwirkung. Irgendwann mußte auch in der Großſtadt noch eine zartere Empfindung angetroffen werden. Meine Begleiterin hatte Sanftmut ſo nötig. Die alte Frage, ob Güte bewußt noch Güte iſt, löſt ſich in dem Moment, wo ich dem andern die Augen zuhalte. Binden ſind immer etwas Heiliges.

Ks. Ks. Zwei Raketen ſtiegen in einem auf.

Tirili.

Tirili ſang die Lerche und ſtieg in die Höhe. Der Wind ſpielte Dritten abſchlagen mit den Frühlingsblumen.

Lauter gelbe Köpfe lagen im grünen Gras. In den Herzen der Sonnenblumen perlte ein Sehnen. Vergißmeinnicht ſagten ſie zur großen Sonnenblume, die eben am Himmel aufſprühte. Und die Sonnenblume nahm die kleinen Schweſtern an ihre Brüſte, und gab ihnen zu trinken.

Blumen ſind ſehr ätheriſch.

Traum.

Ich bin durch meinen Traum geflogen. Schneewittchen fiel grade der Apfel aus dem Mund, und der Prinz küßte ihre Herzwunde. Mich aber legten sie in den gläsernen Sarg. Die Zwerge wollten mich schon begraben, als eine Schlange aus dem Apfel aufschoß und den ganzen Wald verzehrte. Nur mein Herz blieb in dem gläsernen Sarg.

Daß auch im Traum Glaswände sind, sagte ich beim Erwachen.

Ich entschleierte die Augen meines geheimnisvollen Wesens.

Daß auch im Traum Glaswände sind, wiederholte sie.

Wenn wir in Ketten die Liebe vergaßen.

Gott vergißt nicht die Liebe.

Gott gibt sich hin.

Gott klagt nicht.

Er spannt die Sonne, die Monde, die Sterne.

Über uns aus.

Der Stürme Wirbel flicht er zum Kranz.

Und der Meere weiße Gesichter schweigen in Fülle.

Der Spiegel nur bebt vor dem gewaltigen Bild.

O die weißen Nächte in denen ich wach um dich lag, sagte da mein geheimnisvolles Wesen. Das Übermaß der Gesichte riß dich zur ewigen Quelle zurück. Du bebtest nicht mehr, du wolltest dich selbst zerschlagen, aber der Schlag

18

traf mich. Sie zeigte mir ihr Herz, durch das ein tiefer Riß ging.

In jener Nacht wollte ich die Liebe zerschlagen.

Und du trafst mich.

Vergib, sagte ich leise, immer treffen wir uns selbst.

Sie aber lächelte ihr Knabenlächeln. Wozu bin ich denn da. Du, sagte ich leise, und faßte ihre Hände. Du. Einmal sind wir beide wieder mehr als Spiegel und Schild. Einmal schmiegen wir uns wieder in den Schoß des Muttermeeres. Sieh, so lautet.

Erfüllung.

Einmal fällt von jedem Baum die Frucht.

Einmal steigt aus jedem Schoß das Kind.

Die Nacht muß Gestirne lösen.

Das Unabänderliche strafft gesenkt zur Tiefe.

Die Tiefe hebt sich zitternd auf.

Einmal sind wir inmitten.

Ein Mondstrahl küßte eine Erinnerung, sagte es leise neben mir. Der Glaube an Unverlierbares ist ja die Glocke zu jedem neuen Morgen.

Eine große Wolke stieg am Himmel auf. Sie war mit Wettern geladen. Der erste abgeschossene Blitz trug ein Nebeltuch, das die ganze Welt bedeckte. Unzählig sengende

Pfeile traf verhülltes Land. Aber die Wunden bluteten, und sickerten in die Tiefe. Ein roter Strom drängte gegen die graue Wüste. Der Mund der Erde spie plötzlich Steine aus. Sie wuchsen zur Pyramide und fingen alle Blitze auf. Die toten Blitze aber hingen wie leere Fahnenstangen über dem Land. Doch wie aus weiter Nähe klagte eine feine Stimme: Ich suche, ich suche ein Grün über dem Grau.

Plötzlich flogen Millionen kleinster Tiere herbei und setzten sich auf den Felsen. Und der Felsen schillerte wie eine grüne Kirchenkuppel; aber immer mehr Tiere flogen herbei und endlich sah die Pyramide wie ein riesengroßer Baum aus. Mond und Sterne hingen sich in die Fahnenstangen. Ja die Milchstraße schlang sich durch den ganzen Baum.

Ein Sprühen feinster Kometen fiel auf das rote Meer. Es sah aus, als wollte der Baum verbrennen, aber die Kometen sprühten, und er stand ganz gelassen da in seinem grünen Schein, ohne Angst verschlungen zu werden.

Komisch, daß wir immer erst nach Nebeltüchern einsehen, wieviel Feuerwerk wir eigentlich vertragen. Im Grunde ist nur unsere eigene Vergeßlichkeit der rote Faden für der Perlen des Zufalls.

Kind, sagte es da leise neben mir. Da kommt eine Wand.

Was schrie ich, eine Wand, der will ich doch... Mache mir sofort nach, was ich tue, und im selben Augenblick schon stand ich auf dem Kopf. Als wir uns wieder umdrehten, war die Wand weg. Dieser Sorte ist nur mit Sprüngen beizu=

kommen, und ich schlug noch schnell ein Rad hinter ihr her. Ks. platzte da wieder eine Kugel.

O lieb so lang ...

Die Harfenistin eines alten Orchesters präludierte.

Von diesen Klängen haben wir schon so viel gehört, sagte die alte Cremenser Geige und zersprang.

O lieb so lang du lieben kannst.

Man kann es der klaren Geige nicht verdenken, daß sie einmal genug hatte, Wand zu sein für das ewige Tirili der Harfe.

Ein dauerndes Präludieren erträgt kein anständiger Mensch. Wäre sie jünger gewesen...

Alte Geschlechter zogen eben...

Parodiere mich nur, sagte ich. Du weißt doch alles viel besser als ich. Sieh die Kugel an, die wie ein Abziehbild aus= sieht.

Der Wandteller.

Eine kluge Frau verliebte sich in einen bemalten Wand= teller. Sie ließ ihn in Seidenpapier packen, nahm ihn mit nach Hause, und verschloß ihn in ihrer Kommode.

Versteht ihr die Frau?

Die Geschichte ist von dir, lachte mein geheimnisvolles Wesen. Zehntausend Hemmungen und eine.... Ks.

Romanze.

Die Duquesa ist fort. Sie sagen, sie käme nie wieder. Was geht uns die Duquesa an. Der junge Herzog sitzt die ganzen Nächte in seinem Turmzimmer; am Tage schläft er. Wir sind uns so ganz überlassen.

Gelbe Rosen umranken das Schloß, ich sitze im Erker der Waffenkammer. Du stehst vor mir. Wie schön du bist. Immer sage ich Liebling. Aber ich sage es nie laut. Ich sitze am offenen Fenster; ich schmiege mich in die hineinrankenden Rosen; ich trage ihre Farben, mattgelb wie Elfenbein ist mein seidenes Wams, du trägst immer die Farbe des Enzian. Liebling. Wie Firnenschnee sind deine Augen, fern und blau.

Wollen wir Nina heute abend die Stelle zeigen, wo gestern die Glühwürmchen funkelten, frage ich. Deine Lippe zittert. Ich werde Nina drei gelbe Rosen bringen, und ich beuge mich zum Fenster hinaus und verberge ein Lächeln. Deine Lippe zittert. Dann aber springe ich in den Saal, die Floretts zu holen. Ich liebe dich im Spielkampf. Immer lasse ich mich von dir besiegen. Meine Augen künden die Melodie deines Körpers. Schön bist du Liebling. Nun bist du müde und gehst. Du ruhst. Und dann, o, ich weiß, dann kopierst du den San Sebastian des Freccari. Er hat Augen wie ein verschleierter Himmel, er hat deine Augen. Liebling. Immer wirst du dich wiedersehn Narziffus. Darum liebst du auch den Freccari. Auch von seiner Madonna hast du ein Abbild. Sie ist wie ein Mädchen, das gar keine eigenen Ge= danken hat. Du hast auch gar keine eigenen Gedanken. Du bist königlich. Du nimmst nur an. Und nur um dir noch et= was übrig zu laffen, knie ich nicht immer vor dir.

Du bist fort. Ich öffne mein Wams und ziehe das Heft heraus. In blaue Seide ist es gebunden, in deine Farbe. Ich dichte das siebenundsiebenzigste Sonett auf deine Hände. Die letzten Stufen zum Throne Gottes sind nicht so fein wie deine Hände. Ein Engel wob sie in einer Nacht aus Strah= len, als der Mond voll in die Alhambra fiel.

Weißt du, als die Seefahrer den fahlen Wein mit= gebracht, den vom Kap; den zarten vom Meerwind gekühl= ten. O, so durchdringen mich deine Hände. Die Hände der Anderen sind wie Wein, der zu volle Sonne hat. In dir nur allein sind alle Fernen.

Weißt du, warum ich so oft zu Nina gehe. Du Dum= mer, sie liebt doch Bambino den Wächter. Ich singe Scher= zen in die Spitzen, die sie für dich kräuselt. Ich verstecke Rosenelfen in deine Halskrause. Fühlst du nicht manchmal meinen Duft im Nacken. Nina ist gut. Nina ist klug. Sie hat deine silbernen Schuhe mit meinem Elfenbein gefüttert. Immer gehst du über mich hinweg. Liebling, wunderbarer. Du meine leise Fülle. Mein blauer Knabe.

Die Hohlspiegel stürzten zusammen. Wir wurden über=
flutet. Riesenwirbel griffen zu; ich glaubte uns verloren,
aber meine Begleiterin schwamm mit so absoluter Sicher=
heit durch den Aufruhr, als sei dies das Alltägliche.

Nach und nach flossen die Wasser ruhiger. Und endlich
sahen wir ein Stück Land. Eine Insel.

Die Insel der Verhängnisse oder die Begegnung mit dem Kalifen.

Selbstverständlich waren wir durchnäßt, als wir die
Insel betraten. Aber in einer Sekunde, bevor noch der
Wunsch nach Trockenheit da, durchstach uns schon eine
glühende Sonne.

Sowie uns auch dies zur Last wurde, durchschauerte
uns plötzlich eine Kristallkälte, die wieder in eine Fiebertem=
peratur umschlug.

Ein gemäßigtes Klima scheint es hier also nicht zu
geben, dachte ich, als ein Baum auf der Insel sich spaltete
und ein Mann in arabischer Kleidung auf uns zutrat. Dies
ist Harun al Raschid, sagte mir mein geheimnisvolles We=
sen, als er uns schon ansprach; ich bin noch immer auf der
Suche nach Menschen, meist halte ich mich verborgen, nur
wenn der Magnetberg zittert, und er zitterte heute dreimal,
trete ich aus mir heraus. Ihr beide, obwohl schon geschie=
den, sucht doch das Ende, bevor ihr den Anfang geschaut.

24

Bedenkt, daß auch ich schon einmal vergaß, mich vor dem
Osten zu neigen.

Er hob seine Worte,

wir wurden getragen.

In Einem erhob sich ein Riesengeschlecht.

Sonnen verbrannten.

Es tanzten Gebeine,

Samen erklang.

Luzifer schlief. Ich küßte im Traum seine geliebten
Hände, faltete die Gebete und legte den Strauß an sein
Herz: Immer winde ich dir Immortellen. Da schlug er die
Augen auf. Blaue Sterne. Wie sich Elfen im Äther wiegen,
schmiegte ich mich in ihn ein.

Der Traum zersprang; Lotusblumen senkten sich in
heilige Sümpfe. Ihre Blüten sangen.

Am Tag des großen Wasserschöpfens

trat Kamaja vor das Gesicht des Höchsten Gottes.

Die goldenen Tempel bebten.

Brama selber stieg hinab,

die Seelen zu besitzen.

Indien barst in Todesglut vor dem Erwachen.

Die Sonne rauschte,

Pilger strömten über,

der Stein des Tempels war so überladen.

Auf hoher Tempelstufe steht ein Mann.

Gesicht bricht auf.

Noch einmal zuckt die Erde.

Er tritt zur Lade,
dreht den Schlüssel um.
Reicht ihr den Krug.
Und Kamaja, sie geht.
Rot strahlt Rubin aus dem Kristallgefäß,
das ihre Schultern wiegen.
Ihr Atem singt.
Ich kehre wieder, Freund,
klingt es zum Gatten.
Ottatotorvan schweigt.
Ich kehre wieder, singt ihr Gang.
Die Tempelstufen abwärts sind Gedanken mit blauen
Flügeln.
Sie selbst, sie selbst des Mondes hohe Göttin,
erklingt die Welt.
Die Seelen der Fakire,
in Tempelwänden eingelegt,
erstechen sich zu ihrem Wundergange.
Die heiße Erde schwankt.
Ein Mann allein steht schweigend.
Sie geht, für sich gelassen,
dem Wunder zu.
Der Tag des großen Wasserschöpfens,
der einmal in fünfhundert Jahren,
heute ist er da.
Und sie, die Botin,
die Botin eines ganzen heißen Volks.

So seltsam enden Märchen, sinnt sie,
doch noch klingt ihr Gang.
Er sagte gestern...
Die Lotusblumen schlafen im Ganges.
Sonne sengt so heiß.
Sie spielen Nacht im Traum.
Und die kleine Lotusblume weint,
ihr Herz zerbricht.
Denn ihre liebste Freundin,
die kleine Schote vom Vanillenbaum,
sie wird im fernen Land verzehrt,
die süße kleine Frau, von ganz unindischen Leuten,
o, wie sie weint...
Es zieht durch Kamaja ein leises feines Fühlen.
Mittag läutet hoch,
sie geht im Traum.
Ihr wiegender Gesang,
er bebt dem Wunder zu.
Sie geht allein, gelassen.
Des Gatten Wort:
Und keiner geht, der nicht gegangen,
das Wort des weisen Mannes ist verweht.
Sie ist ja schön, ist rein, ist klug.
„Dem reinen Auge nur entspringt der Quell,
nie sei er Spiel und Spiegel dem Schöpfer.“
Der Spruch des großen Tags erfüllt ihr Herz.
Sie geht gelassen mit dem Krug am Haupte.

Der Tag steigt ab,
die Schatten fallen dichter.
Noch singt ihr Gang.
Jedoch der Krug, er bebt.
Sind es die Schatten,
die Worte der Fakire,
die in Brunst erbebend, die Tempel schwanken lassen.
Noch singt ihr Herz.
Die Quelle, wenn auch fern,
wird nah doch sein.
Der Häsin Trächtigkeit in Waldes Mitte
zieht ihre Augen nieder.
Sie selbst ist ohne Kind.
Was denkt sie jetzt daran.
Der Wald wird dichter,
Zweige rinnen nieder.
Sie fühlt's noch kaum.
Dem Wunder, nur dem Wunder geht sie zu.
Die Schatten steigen tiefer.
Enger umgreifen sie die Zweige,
es sticht und zuckt, doch sie geht aufrecht noch.
Sie will ja siegen, will das Wunder heben.
Wann kam ihr der Gedanke an den Tod?
Der Häsin Trächtigkeit, es zieht sie nieder.
Ihr Leib ist narbenfrei,
die weiße Hüfte ist ein viertel Mond.
Sie schneidet durch die Zweige,

Die Erde bebt.

Sie schwankt, und rafft sich auf.

Auf hoher Tempelstufe steht ein Mann.

Sie rafft sich auf,

doch tausend kleine Zweige ersticken sie.

Noch einmal hebt sein Herz sie hoch.

Der Tempel bebt im Abendschatten.

Des Fakirtraumes Rot durchsticht ihr Sein.

Das letzte Laub fällt von der Sonne ab.

Die Leiche des verstorbenen Tages

schwimmt im Ganges.

Sein Blut rinnt überall.

Des Urwalds Trilogie umschlingt ihr Herz.

Am Abend sterben Sonnen,

doch ihr Nebel bricht Lotusblüten auf.

Die Trauer Kamajas liegt im Gestrüpp.

Auf springt der Quell,

vor dem besetzten Auge.

Ich ging nicht ein zur Tiefe,

Er nur wußte.

Liebt er mich so, daß er mich sterben läßt,

so geh ich ein.

Im Krug der rote Strahl,

fand seinen Bruder in der weißen Quelle.

Das Unsichtbare band sie eng zusammen.

Auf hoher Tempelstufe steht ein Mann allein.

Die Worte des Gatten: Keiner geht, der nicht gegan=
gen, sagte meine Begleiterin versonnen. Überhaupt gibt
diese Legende viel überzeitliche Erkenntnis.

Und doch höre ich meinen Freund S. Friedländer
sagen: Mißtrauen Sie nicht nur Jesus Christus, mißtrauen
Sie auch Harun al Raschid. Erst die Synthese von Indien
und Amerika.

Ich war gar nicht erstaunt über die Worte meiner
seltsamen Begleiterin. Ich wußte ja zu tief um die geheimen
Beziehungen meines Freundes zu Wunderwelten. Nur die
Trottel konnten ihn schon als Mynona bei Kurt Wolff
lebendig begraben sehen. Ich wußte mehr. Hatte er nicht
selbst zu mir in einer Nacht gesagt. . . . Aber wir verschwei=
gen aus Scham unser Bestes, sagte da leise das geheimnis=
volle Wesen neben mir. Da küßt ich ihr zum erstenmal die
Hand.

Wir schwammen durch die Meerenge. Dann aber
kamen geheime Gänge; mein geheimnisvolles Wesen schien
mir sehr bekannt unter der Erde.

Endlich nach langem Wandern führte sie mich noch
tausend Stufen tiefer. Es war sehr dunkel, aber meine Au=
gen gewöhnten sich nach und nach an ihm vertraute Zeichen.

Ja, dies waren die Wunder einer alten Kindheit. Hier
lagen Pharaone, hier lebte noch im Stein die Hieroglyphe.

Und plötzlich starrte ich selber Säule die Toten an. In
meine Strenge ritzten sich die heiligen Zeichen. Ich klang
stumm.

Im mir sprachen die Tiere von tausend Jahren.
Ich klang. Klang starr.

Da bäumte sich ein Sturm gegen mich auf, und rüttel=
te mich, rüttelte solange, daß ich fast erlag.

Im letzten Augenblick aber riß sich der Vogel der Isis
heraus, und zerhackte mit seinem langen Schnabel den
Sturm. Ich wollte schon atmen; das Tier aber fand nicht
mehr zurück, und fraß mein Hirn. Durch meine Schädel=
decke kam er zurück; ich aber ohne Halt wollte zusammen=
fallen. Da sprach eine Stimme neben mir: Siehst du nun,
was es heißt, sich zu tief in Vergangenes einzulassen. Sieh
hier meinen Vater, und ich sah und beugte mich tief vor dem
königlichsten Menschen. In meines Vaters Hause sind
wenig Wohnungen, sagte sie; eine leise Traurigkeit zitterte
zum erstenmal in ihrer Stimme. Ich las in ihrem Augenlid
folgende Klage.

Des 4. Amenophes Tochter weint.

Durch die Jahrtausende flog mein Ruf, o Vater. Auf=
gegeben von dir, du Einziger.

Die Tiefe deiner Brunnen brannten die Sonnen ab.
Deiner Hände Lotos spendete deinem Kinde. In deine Hän=
de wuchs ich hinein. Zehnfacher Ruf: O, El Amarna, ein=
mal Sitz des gegotteten Lebens.

Wie tropften deine Strahlen dringend in mich.

Ich deiner Seele geliebtester Saum.

Immer schwangen die Fahnen, wenn wir uns trafen. Und wir trafen uns oft am siebenten Tor.

Tempel unserer Gewißheit.

Beide wußten wir um das Eine.

Teje sprach aus mir. Und du gabst dem Erben die tote Krone mit.

Wir wußten es beide.

Und der Bildner schuf mich, wie ich im Schreiten die Botschaft bringe.

Auch den Stein zwangst du zum Diener deiner Legende König.

Du erschufst mir den Thutmes.

Ich sollte auch im Götzenbilde wach sein.

Sie brauchen Götzen.

Immer wird Isis im Schilf den Horus gebären.

Die Mutter fühlt. Aber der Vater stirbt lieber, ehe er sich beschränke.

Des Lotos Hieroglyphe braucht Schatten.

O König, deine Tochter weint.

Zwiefach bin ich. Deiner Seele Unendlichkeit und meines Tempels Grenze.

Meine Liebe zu dir entreißt mich mir selbst, und ich liege wie ein Schatten über deiner Größe.

Bin deiner Selbst Wehe, in Ewigkeit verbannt.

Du starbst.

Und meine Knabenhüfte weint.

Sehr, sehr viel wurde mir aus diesen letzten Worten klar. Was mußte sie in der Welt dieser Erscheinungen gelitten haben, sie, die Tochter dieses Einzigen. Wie schmiegte sie sich jetzt in ihn, wie nannte er sie sein geliebtestes Kind. Wahrlich sie allein ist seine Erbin durchfuhr es mich.

Sie nannten ihn Echnaton, sagte sie, ihn, der als erster zu den Müttern hinabstieg. Immer noch schmähen sie den Eingeweihten. Aber die Mutter erhält den Knaben, frei ohne Ende.

Die Mütter halten das All.

Ich schloß die Augen, sie aber gab mir die Hieroglyphe des Königs im Ring.

Die Einheit des Bundes, tönt es in mir auf. Ich drehte am Stein, und —

Ich war zu früh gekommen. Über dem Gebirge lagen noch die Nebel. So wartete ich am Fuß der Berge. Ich liebe, knospenden Tagen entgegenzugehen.

Der Tau der Sehnsucht perlt vor Sonnenaufgang am stärksten.

Ich wartete leise versonnen.

Und der Duft der Erinnerungen strömte in mich. Wie aus den Felsen Wasser brachen, wie eine Unfruchtbare hundertjährig den Sohn gebar.

Die ersten Schleier fielen von den Kuppen. Das blaue Auge des Tages brach auf. Noch hing es ein wenig schwermütig zwischen Himmel und Erde.

Aber schon flammten von allen Seiten die Strahlen, und hoben seine Lider.

Ein neuer Flügel der Unendlichkeit begann zu mahlen.

Ich erstieg die Höhe.

Nichts rächt sich so sehr als die Wiederholung unserer Unterlassungen, sagte da meine Begleiterin neben mir.

Ich glaube, sie war ebenso aus den Wolken gefallen, wie ich es über die Aussprache meiner leisesten Gedanken von ihr war.

Ja, zu oft ermatten wir schon am Fuße eines Gebirges, und bringen uns so fern um alle Gipfel.

Ich suche eine weiße Blume, himmlischer Gärtner, wo finde ich die Blüte. In einsamen Nächten umschmieg ich den Mond: sprich mir Gefährte.

Da biegt sich mein Schatten, zum Kreuz, zur heutigen Laube. Luzifer spricht: Die Sieben Gebirge mußt du umwandern, die sieben Quellen mußt du umgehen. Sieben mal bricht sich das Licht. Im Äther die Schwingung zum reinen Kristall bringt dir die Blume.

Lieblichste Sehnsucht hob da die Flügel.

Psyche im Äther wob Strahlen herbei.

Reiner erklang es mir,

Kosmee, du mein zweites Gesicht.

Ich stürzte mich vom Gipfel, mit dem vollen Bewußtsein, nur wer seine Schiffe hinter sich verbrennt, kann fliegen.

Und der Raum trug mich sekundenlang.

In Ammenmärchen eingewiegt, verlernen sie alle den Pflug.

Wer nie über Gründe flog, bleibt ein dummer Hahn, sagte ich.

Der Adler und der Vogel Roch nisten auf Gipfeln.

Das Wunderei, das Wunderei, schrie es in mir, und herausplaßte die

Geburt der Komödie.

Der Erzengel Michael bittet seine Majestät Deus feierlich um seine Entlassung als Ministerpräsident.

Gott, sich sebst längst zum Ekel geworden, lehnt das Entlassungsgesuch ab.

Michael der Paradiessorgen müde, macht einen Fluchtversuch.

Zwischen Himmel und Erde (er wollte den Töchtern der Welt den göttlichen Apfel bringen), packt ihn Gabriel, der ihm auf einem Sonnenstrahl nachgerast ist.

Er wird auf die Insel der Seligen verbannt, wo Tag und Nacht Krokodile Meilensteine aus Rosen zum Himmel speien.

Aus verzweifelter Einsamkeit heraus, steigt er eines Nachts einem Krokodil in den Rachen; fällt nun infolge seiner Schwere —· Engel wiegen bekanntlich mehr als Ro= sen — auf die Erde. Gründet hier den Freistaat Neophro=

finae, deren Mitglieder sich alle dem Teufel geloben. Stirbt an Beschäftigungslosigkeit — die Hölle selbst hat ihre Rechte.

Alle Soffitten im Kosmos wackeln.

Die Kamele der vierten Dimension schütteln den Kopf.

Man muß schon ein Kamel sein, um es heut zu Tage zu etwas zu bringen, dachte ich, als mir meine Begleiterin gleichsam zur Bestätigung meiner neuen Erkenntnis folgende kleine Geschichte erzählte:

Es.

Ein Kamel wollte durchaus kein Kamel mehr sein. Es soff Tee mit Peccoblüten, fraß petits fours, Marschall= Niel=Rosen und Orchideen.

Als dies nichts half, kaufte es einem alten Esel den Magen ab. Es hatte einmal etwas von den Gesetzen der Polarität gehört, und glaubte, daß, wenn es Disteln fräße — — —.

Doch als auch diese Hoffnung sich trügerisch erwies, schiffte es sich nach Europa ein.

Man soll es zuletzt im Stirnerbund gesehen haben.

Wie wunderbar ist die Blüte der Kosmee, sagte ich leise als Antwort zu meiner Begleiterin. Schmal und schlank, jeder Strahl himmlische Flamme. Die grenzenlose

Empfindungsmöglichkeit der Materie in die vollendetste Ordnung gebracht.

Heilige Ordnung, sagte ich, und küßte die geliebte Blüte.

Ja, jede Welt ist besser als die Welt, sagte sie. Höre, was ich von einem altem Kosmosbewohner hörte.

Auf dem Sirius.

Aus dem Sirius funkte die Nachtwache den Morgennebel an. Verziehe dich ein bißchen schneller, ich will abgelöst werden.

Der Morgennebel brummte, aber verzog sich.

Der abgelöste Siriusianer flog nun in die ewige Bahn, wo heute der Zusammenstoß eines Kometen mit der Erde stattfinden sollte. Alle Siriusianer waren sehr gespannt. Als er wieder zurückkehrte, sagte er nur: Dreck geht nicht unter.

Ich weiß, was du sagen willst, sagte sie, als ich schwieg.

Wir sind durch tausend Gestalten gegangen.

Wir haben die heiligen Lande gesehen.

Liebe strömt über Vergehen.

Der Traum der großen Kündung, schrie es da in mir auf.

Der Traum der großen Kündung, Märchen, Märchen braucht die Welt, um sich zu besinnen.

Die Brennesseln bluteten, aber die Holde lächelte, jede

Nacht lächelte sie leiser; nun war auch das elfte Hemd bald gesponnen. O dann!

Aber die Brennesseln bluteten. Heute noch packt dich der Erzbischof, und wirft dich in den Kerker. Holde, o Holde, der junge König, er läßt dich gehen. Deine Augen erblinden. Der elfte Flügel, er wird nicht gesponnen.

O arme, junge Königin. Sie aber lächelt noch.

Und flog über die Meere. Der junge Bruder, und küßte in Ahnen ihr Leid, sich selbst schon vergessend, so liebte er sie.

Und spannte noch einmal die beiden Flügel. Hob den Duft verschwiegener Inseln an sein Herz, und küßte dem Zephir sein Schmeicheln ab; wiegte die kleinen Sterne in Schlaf und stahl ihren Glanz.

Und als der Scheiterhaufen flammte, flog er den Brüdern voraus.

Sie aber taumelte beim Jubel, und als der König sie küssen wollte, wurde sie ganz starr.

So nahm sie der junge Bruder in den einen Arm, trug sie ins Schloß, und spannte den Flügel, den einen armen Flügel spannte er zur Harfe.

Er sang.

Irgendwo wächst eine weiße Blüte, von Monden umhüllt, von Sternen umklungen; himmlischer Gärtner schone die Blüte.

Irgendwo hängen Augen über einem tiefen Brunnen, hören ein Rauschen und können nicht sehen.

Irgendwo in einem Traum küßt eine Frau einen

weißen Zweig wach, wirft ihn in Brunnen. Und Strahlen klingen an verschleierte Augen. Blaue Sterne erwachen zu fragender Fülle.

Er hatte sehr leise gesprochen. Die Schwester schlief. Da faltete er den Flügel, umhüllte ihn und weinte bitterlich.

Zwei himmelblaue Schmetterlinge flogen über Sommerheide, spielten um einen Grashalm, liebten, und wiegten sich in Schlaf.

Eine Frau sah es.

Weiße Trauben rannen in heißen Sand, verschwiegene Inseln, Akaziendust spann.

Auf einem fernen Stern springt eine Quelle, klar und stark. Wer ihr naht erblindet, verhüllten Auges nur gibt sie Klang. Sie zieht magnetisch den Menschen an.

In heiligen Hainen lagern Gestalten, verschleierten Blicks. Spüren den Klang, doch sehen ihn nicht.

Ein Knabe ward stumm vor Sehnen.

Und sann.

Und spann in Sinnen leise lauschend zehntausend Stufen zur Wurzel der Quelle.

Trank ihren Strahl.

Leise webend flocht er die Strahlen, Regenbögen sprangen auf. Die Höhe erstieg er zum heiligen Hain.

Und sah Gesichter verschleierten Blicks, zögernd geneigt der Quelle des Strahls.

Zum Jüngling sprach er:

Du ich ahnte deiner Glieder weiche Geigenmelodie, sah im Traum dein halbes Leid.

Sieh, ich streue mit dem Bogen sieben Farben über dich.

Kling o klinge. Klang die Geige.

Und ging weiter, fand die Harfe, gab dem Mädchen süße Lieder, und die Saiten tönten zitternd.

Allen spann er die Gesänge. Stand dann einsam, weiten Blickes, zukunftsdunkel.

Heute seht ihr, aber morgen sind die Bogen Brücken worden. Kette wird was Wolke war.

Einmal muß ich noch zum Grund. Muß den Klang der Wurzel heben. Muß ihn finden.

Und er ging. Und er ging.

Der Aufriß zur Unendlichkeit führt in die Tiefe, sagte mein geheimnisvolles Wesen.

Mir aber bangte ein wenig um die ewige Liebe.

Auch Dschung Si war ein blauer Schmetterling, bevor er den Staub der himmlischen Pfirsiche naschte, sagte ich leise.

Und Psyche war dumm, als sie das Öllämpchen nahm.

Ja Psyche war dumm.

Und doch zucken wir in Gewittern. Und rote Monde enthaupten weiße Kosmeen.

Standest du nicht neulich neben mir in der Brandung des Don Quichote.

Auch Daumier war ein Wissender, sagte ich.

Wie er auf dem Blitz seines Pinsels gegen Windmühlen reitet. Windelnaß läßt er den Don Quichote noch weiße Blüten am Himmel sehen, während der Bauer — du meinst die Zeit — der Bauer schon in Gedanken den Mist zusamm= menkehrt. Nun ja, die Erde braucht Mist.

Du hast dich in letzter Zeit viel mit dem Wesen der romantischen Jronie befaßt?

To be sure dearest ghost. — Noch aber entspringe ich immer wieder meinem eigenen Haupte.

Da fiel, es war ein wolkenloser, klarer Oktobertag, ein winziges weißes, nasses Etwas auf meine Stirn. —

Da lachten wir beide wie toll gewordene Backfische und sangen: Kommt ein......

Felsen brechen durch mein Gesicht. Nehmen meine For= men an. Lauter Masken hängen von mir in der Luft.

Ich gehe wie ein Mond durch mein Sehnen. Ich mag die starre Kunst des Tages nicht mehr.

Ich will die weiche, weiche graue Nacht.

Und plötzlich, das Harte fiel ja schon von mir ab, bin ich eine kleine Maus.

Es ist Nacht, ich sehe ein winziges Loch im Boden, nage ein wenig, und bin im Atelier eines Dichters.

Ich sehe am glimmenden Licht, daß er sich eben erst ge= legt hat; es ist schon sehr spät.

Er sieht lange, lange durch das große Fenster in die Sterne; dann streicht er ganz leise über die Decke, sagt Lieb=

ling — und ist doch ganz allein, und dann noch einmal fast
noch leiser sagt er Kosmee.

Ich schnuppere, ich kenne ja doch alle Blumen; ja hier
standen bis vor kurzem weiße Kosmeen. O die edle weiße
Blüte mit dem himmlischen Namen.

Wie derb sind dagegen die Kamillen, die noch in einer
Vase stecken.

Schön ist doch nur, was kurz währt, und woraus sich
kein Tee kochen läßt; denke ich.

Dann sehe ich mich um: O wenn er aufwacht, fällt sein
Blick auf Kakteen.

Wie ich das verstehe. Man kann sich das stachliche dieser Welt gar nicht genug vor Augen halten.

Nun sehen meine Augen schon schärfer. Ja, da hängen
ja zwei tote gelbe und rote Tulpen. Nein, mein Herr Dichter, keine Spielereien. Ich erklettere die Wand und hole die
beiden Leichen von den Säulen. Nage, nage. Ich menge das
Gelb und Rot hübsch durcheinander, wozu hätte ich denn
mein reizendes Ringelschwänzchen, ein bißchen weißen Kalk
von der Wand dazu. Lieber Freund, ich will Hans Maus
heißen, wenn du nicht morgen vor Entzücken in Japan bist.
Dann schlief auch ich ein.

Sein erster Blick morgens aber fiel auf einen Block
neben dem Bett, und ganz schnell schrieb er etwas hinein,
schloß dann die Augen wieder zu. Dann sprang er auf.

Ich konnte gerade noch hinter die Säule flüchten.

O wie glücklich war er, als er mein Gemälde sah; er

sagte immer nur Japan, noch einmal Japan, und süße kleine Maus, du gibst mir eine gewaltige Lehre.

Immer noch herrscht das alte Gesetz der Wandlung. O, du süße kleine Maus.

Dann setzte er sich an den Tisch und schrieb und schrieb. Und dann machte er einen großen Punkt. Und ich hörte ihn sagen. Nun bekommst du wieder ein totes Kind von mir, und erst indem ich es aussetze, weißt du von mir. O Bücher sind ausgesetzte Kinder, sagte er noch einmal. Das muß anders werden, und dabei lief er im Zimmer auf und ab. Und dann setzte er sich noch einmal und schrieb, schrieb es so leise und fein in eine Ecke, daß nur meine Mausaugen es später noch lesen konnten — so liebte ich dich.

Sicher war es ein ehrlicher wahrer Dichter. Er tat mir leid.

Den Tag über brachte ich noch hier zu. Ich werde mir schon einen Gang graben, sagte ich; abends entwischte ich auf den Boden, rutschte durch eine Wasserrinne direkt in den Keller. Die Asseln begrüßten mich wie ein alte Bekannte und luden mich ein da zu bleiben. Wenn man sich an ihre Klebrigkeit und den hohlen Geruch gewöhnt hatte, war es sicher ganz nett bei ihnen.

Vor allem zeigten sie mir ihren prächtigen Wintergarten. Riesenpilze in zartestem Elfenbein und Braun wuchsen aus den Böden. Und die Asseln sprachen mit geradezu andachtsvoller Bewunderung von ihnen.

Man lernt doch nie aus, sagte ich. Da fiel mir in einem

der Beete ein großes Loch auf. Und nun hörte ich, daß hier der Stock eines Hausbesitzers hineingeschlagen hatte, der einer Sachverständigen=Kommission, dies Wort wurde den Asseln schwer auszusprechen, die Wintergärten gezeigt hatte.

Hausbesitzer und Asseln sind zweierlei, sagte ich mir, und dankte meinen netten Wirten und bat sie um ein Nacht= quartier.

Da öffneten sie noch eine besondere Tür, und zeigten mir ein leeres Faß, in das ich hineinschlüpfen konnte. Auf dem Faß aber stand:

Malvasia.

War ich nicht schon einmal eine kleine Maus gewesen, und hatte ich nicht schon einmal in einem Keller gelegen, wo auch tausend und tausend Fässer Malvasia standen. Ja ge= wiß — da war es gewesen. Das ganze kleine Nest roch doch nach Wein.

O Gott, es gibt Erinnerungen, über denen nur Schwei= gen blühen darf.

II.

In der Doppeltür steckt ein Mann. Der Mann in der Doppeltür will zu mir. Mein Gott, mein Gott, er erstickt ja. Sie lassen ihn nicht zu mir. Sie sind so böse. Ich selbst sitze ja hinter Glaswänden, bin ein Kristall mit tausend Ecken, immer riß ich mich selbst. Und es kommt kein Blut, und ich brauche doch Blut, einen Tropfen nur.

Die Schwester hat die Tür aufgelassen. Lea Wandrin springt hinaus, durchstößt das drei Zentimeter dicke Glas des Giftschrankes auf dem Korridor und hängt mit dem rechten Arm, hängt.

Die Doppeltüren kommen ganz leise an mein Bett. Schwere weiche Nacht öffnet sich. Aus Ebenholz springen weiße Rosen. Und ich bin Schneewittchen. Alle die Rosen küssen mich, alle. Ich habe gar keine böse Stiefmutter mehr. Mein Sarg ist aus Mordstrahlen, und mein Brautkleid aus Schneeballen. Der Prinz bringt mir den großen Orion. Ich pflanze den Stern in mein Herz, lauter Granaten springen auf.

Wo kommt das viele Blut her, das viele Blut.

Der Verband ist abgerissen. Die Granaten verdorren. Der Prinz ist aus Marzipan. Ich sehe noch, wie eine Maus ihn anknabbert.

Da. Da. — — — — —

Ich werde immer feiner. Zwölf Engel suchen mein Herz, und finden es nicht.

Die weiße Rosenhecke duftet Liebling. Lieb — ling.

Im blauen Stern des Orion liegt mein Herz. Luzifer hat es aufgehoben. Im Celloklang seiner Flügel bin ich geborgen.

Sieben Schneeberge führten zum Throne Gottes. Ein Hauch und sie schwinden.

Nur der Duft weißer Rosen geht über sie hinweg.

Ich fühle. Der blaue Glanz des Orion liegt über dem siebenten Berge. Ich fühle Luzifers Gesicht. Die Toten stehen nicht wieder auf. Die Toten — — — — —

Ich. Ich.

Die Pole hetzen, schlagen gegeneinander. Sieben Magneten ziehen den abgeschlagenen Kopf mit sich: Die Pole heulen um die Beute.

Sieben Kristallstiche gehen durch mein Herz. Es klirrt, hetzt, hetzt.

Der Kopf ist so steif, will sinken.

Doktor Kundts Hände liegen unter meinem Nacken. Das Zimmer ist abgeblendet. Der rechte Arm ist geschient. Niemand außer ihm ist mehr da.

Kind, sagen seine Augen, Kind. Ich bin sehr schwach.

Nimm mein Herz, sagt das Tier. Ich will nicht, daß Schneewittchen stirbt.

Und der junge Jäger nimmt ein Lindenblatt, ein zartes grünes Blatt, und weidet das Herz aus. Der Hirsch ist gar nicht tot, er kniet ja vor mir.

An dem Lindenblatt ist kein Tröpfchen Blut, kein Tröpfchen. Der Jäger streichelt meine Stirn, so sanft, so sanft, s — — —

Er gibt mir eine Ätherspritze.

Die kleinen Sterne sind lauter Schneebälle. Sie jagen am Himmel und zerfallen. Mein weißes Kleid ist ganz mit Sternenstaub besät. Es flimmert so leise.

Mein Handgelenk. Ich höre ja sein Herz schlagen.

Mein weißes Kleid brennt. Lauter blaue Flammen. Augen. Und Champagner steht auf dem Tisch. Champagner. Da — — Im Meer auf und ab, auf und ab schwimmt die Krücke. Du, ich pflücke meine beiden Augen für dich ab — — — —

Oh, meine Hände sind gefesselt.

Die See schlägt über mir zusammen, spritzt hoch. Ich liege unter dem Landungssteg, kann nicht hinauf.

Die tote Stadt träumt. Das ganze Meer fließt ab. Das Herz der Wiese fängt wieder an zu schlagen. Das erste Schaumkraut lächelt.

Die Pagode wackelt mit dem Kopf: Sage niemand, daß du eine kleine Nachtigall hast.

Das Mittelstück ist nicht immer das Beste, sagte die Katze zur Maus, und fraß nur den Kopf.

Aber das eine Ohr. Das Ohr. Ja. Oh! Ich friere so wie damals, und du wirst es nie wissen. Ich friere so. Du. Du. Nein, nein, ich mag keinen Champagner, lieber frieren. Oh! Du.

Der Äther — — — — —

Weg die Masken, weg, weg, Lotte, Lotte, tu's nicht. Tu's nicht. Oh! Oh! Alle haben's getan — auch —

Die Untiere, so hineinzuschneiden in eine Frau.

Die Blüte am Herzen duftet. Er hat ja seine Augen. San Sebastians Augen.

Tra=la=la. Der kleine Kurier. Ich bin tot.

Die Decke öffnet sich. Schnee rieselt. Ich verliere ja die Krone, die Krone.

Die Schwester rückt den Eisbeutel. Schwester, Schwester. Sie müssen, du, mußt. Lauter blaue Kreisel fliegen in der Luft. Frau Holle. Schwester, du, sie konnte ja kein Brot backen, du mußt sein Bett machen. Er friert ja. Sie schob es nicht richtig hinein. Du. Ich friere.

Der Schornsteinfeger ist ein Schneemann. Er putzt dem lieben Gott das Geschirr mit der Milchstraße. Milch= straße. Steril. Weininger ist dumm. Seite? Nummero? Hallo! Die Mappe. Doch, doch, nur eine Frau kann so zeichnen.

Ehrlos. Ha! Der Mensch ist. Plumps, ich bin so naß.

Die Schwester füllt den Eisbeutel wieder.

Die Härte. Die Härte. Du mußt den Kinderwagen heizen. Kinderwagen heizen. Ich will petits fours. Eisblu= men. Der Gärtner war sehr freundlich, weiße Kosmeen, du, weiße Kosmeen. Im selben Haus. Komisch. Paris, Rue Mandarin. Du, ich rieche wie —— mandarin. Fühlfäden. Die Herzogin von Fontinelle küßt den Marschall Dubitre. Im Spiegelsaal frieren die Hirne ein. Is ja allens man Sonne. Mist. Mist.

Sie sieht so nett aus, aber sie hat alle kleinen Kinder verbrannt. Der Kienspan hat es mir selbst erzählt. Ritsch, sagte das Streichholz, und fraß sich selbst. Der Ofen brennt nicht. Zweimal hat er geschossen, Schwester. Zweimal. Alles habe ich sehen müssen. Alle roten Iche. O Gott, o

49

Gott, lieber Gott mach mich fromm. — — Die Blauen. Warum hat er mir keinen blauen Luftballon geschenkt? Nur einen blauen Luftballon. Ich bin wirklich kein Drache. Hast du seine Hände gesehen. Die Hände meines Vaters. Doch, doch. Ich bin die Tochter des Ketzerkönigs. Ketzerkönigs. Flötenspieler vom Nil. Die Platten, Florence, die Platten hab ich zerschlagen.

Ich will nicht Hans heißen. Ich mag keine deutschen Öfen. Ich will keine grüne Laterne. Die Farbenlehre. Komplement — Komplement — — Komplementärfarbe. Er soll das Buch schreiben. Etsch. Ich hab nicht Kunstgeschichte studiert. Verbaut, total verbaut. Das Meer peitschen, die Winde festbinden. Zwölf Engel mit brennenden Fackeln dem Hölzernen Gott anbraten. Es riecht so. Das weiße Huhn. Sie brachte mir die rote Rose ihrer Liebe.

Du, in Hellerau duften die Blätter der wilden Rosenhecke. Die Blätter. Pervers, pervers. Alles. Keine Kultur. Greisenhafte Landschaft? Nein, Herr Wyneken, Sie.

Doch Ernst, doch, ich sage immer K. Veritas vincit. Die Litfaßsäule. Ich bin kein Plakat. Ich reiße mich selbst ab.

Die Pariser Schuhe. Einmal hab ich getanzt. Karl May saß im Xilophon und lachte.

Wirklich, ich bin in Kopenhagen durchs Thorwaldsen-Museum geflogen. Wie gut, daß der Student die Galoschen verlor, sonst wär er wirklich gestorben.

Laterne, Laterne, wie Sonne, Mond und Sterne, brenne auf mein Licht — wie die Geige klingt. Die Augen froren ihm zu. Ich bin Frühlingswind. Leise, gute, gute Hände hast du. Gar keine Angst hab ich vor dir. Danke.

Kochsalz? Nein, Schwester. Legen Sie sich jetzt. Ich bleibe die Nacht auf. Aber, Herr Doktor, Sie sehen — — Ich wünsche, daß Sie sich ausruhen. Ich bleibe bis fünf. Ich habe ein ganz besonderes Interesse an dem Fall. Ruhen Sie sich. Gute Nacht. Herr Doktor. Die Augen waren geschlossen. Die Lippen lächelten leise. Doktor Kundt nahm die linke Hand. So saß er stundenlang.

Ein gelbes Blatt im Schnee. Er hat mir das Zimmer mit der Aussicht freigemacht. Das schönste Zimmer. Aber auch hier noch vergitterte Fenster.

Schrieb ich nicht einmal: Und keine Logik hilft mir, daß die Stäbe eingebildet sind. Hier sind wirklich Stäbe und ich bin frei.

Ich kann längst mit dem linken Arm alles tun. Immer noch läßt er mich die Binde tragen. Aber durch die Binde will er mich erinnern. Auch er verlangt das Äußerste von mir. Wie immer. Pfui, wie ungerecht ich bin. Er leidet doch. Und ich. Wie fein von ihm, daß er mir keines seiner Bücher bringt.

Aus einem Brief.

Der Zusammenbruch war ganz organisch. Nach der unglaublichsten Überspannung kam das Nervenfieber.

Sie muß mit einer für eine Frau heillosen Energie Dinge in sich verschlossen haben. Außerdem muß sie teils mit Viechern teils mit sehr kranken Menschen zusammen gewesen sein, die alle das Äußerste von ihr verlangten. Und sie muß sich ganz ausgegeben haben.

Immer wieder sprach sie im Fieber von einem toten Freund, der, wie aus ihren Reden hervorging, ein letzthin geistiger wie lebensunfähiger Mensch gewesen sein muß.

Bei einem Vaterkomplex, wie ich ihn ausgeprägter kaum je gefunden, durch Inzucht noch bestärkt, kam sie in ihre Heimatstadt und brach bewußtlos im Keller ihres alten Hauses zusammen. So weit ging ihre Sucht sich zu verstecken. Auch heute ist ihr Benehmen von einer unerhörten Disziplin, kein Wort des Schmerzes. Immer vom ersten Augenblick des Erwachens aus dem Fieberzustande beherrscht. Und Schmerzen konnte ich ihr nicht ersparen. Sie dauernd unter Betäubung zu legen ging nicht bei ihr. Die Wunde die sie sich gab, war infam. Ein einfacher Aderaufriß wäre weit weniger schlimm gewesen ohne die Sehnenzerrung.

Ich kann nicht vergessen, wie sie in dem dicken Glas hing. Dies war andererseits ihr Glück. Wäre sie hingefallen, sie wäre mir rettungslos verblutet. Harke nur ein in dem Mir. Du behältst recht mit deiner Prophezeiung, ich würde mir nur aus der Anstalt eine Frau holen. Sag doch selbst, welche sensible Frau kann das Leben, so wie es heute ist, ertragen ohne seelisch krank zu werden.

Der Schnee fällt, fällt. Alles versinkt: nur die schwarzen Kreuze wachsen und ragen, wachsen auf. Riesengroß. Wie wob der Mond die Brücke? Millionen Frauen tanzen auf silbernen Bögen.

Und abertausend rote Tropfen sickern in den Schnee, sickern, sickern; sie tropfen aus den roten Schuhen der tanzenden nackten Frauen. Rot klickt, klickt in wirbelndes Weiß, und plötzlich in tollem Taumel springen die nackten Leiber in die Tiefe. Die roten Schuhe allein, die zusammenfliegen, wirbeln, wirbeln noch in der Luft mit den weißen Flocken.

Und Flocken und Herzen. Es waren ja zerschnittene Herzen, wirbeln zusammen in der Luft. Wirbeln, wirbeln.

Ich liege im Erker. Der Schnee fällt, fällt. Links über dem Fluß steigen die Lichter auf. Gleich läuten die Glocken der Petrikirche. Vom Verbindungsweg her klingen die Schlitten ling ling.

Das Läuten vom Verbindungsweg. Der Schnee fällt, fällt. Die roten Herzen zucken. Herzeleide. Meine linke Hand gleitet über meinen Schoß.

Das Mondlicht liegt auf mir. Die schwarze Binde hebt sich vom weißen Kittel. Seine Vorsicht ist grenzenlos. — Ich. —

Ich habe ein Klopfen überhört. Liegen bleiben, sagt er und beugt sich über mich. Hat er wirklich mein Herz geküßt, wirklich. Im gleichen Augenblick brennt das Licht. Er beugt sich noch einmal hinab, und löst, löst zum erstenmal die Binde.

Wir wollen einen Augenblick versuchen, 10 Minuten, eine Viertelstunde.

Wie seltsam, wieder zwei Hände im Schoß liegen zu haben.

Und der Schnee fällt, fällt.

Die Glöckchen vom Verbindungsweg läuten. Er verknüpft die Binde.

„Es wächst viel Brot in einer Winternacht," sagt er nur leise und geht.

Ich bin allein. Der Schnee fällt, aber unter der Decke des Verbindungsweges setzen die feinen, feinen Wurzeln schon das Grün des ersten Lindenblattes an. Ich sinke, sinke. Bis der Urwald klingt. Aus meinem Wurzelrot keimt eine weiße Blüte. Millionen toter Affen hüten sie. Aus grünen Hirnen rinnt Saft.

Ein alter Schädel singt:

Oh, meine Kinder,
ich sehe in weitgeöffneten Fernen
den singenden Gang und den Takt eurer Glieder.
Aber schaukelnd beschwört euch der Alte:
Wahret die Dichtung uralter Rhythmen
hüpfendes Leben, dem ihr entkamt.
Ringet Gehirne, die Glut des Verzweigten
uralte Wurzel, tastenden Glaubens.

Klinget Gehirne, und sinket zur Wurzel.

Oh, meine Kinder.

Warum machen Sie jetzt schon das Bett, Schwester? Befehl von oben, daß Sie um sieben im Bett liegen. Befehl von ... Ich springe auf.

Er hat mir für die vier Tage, die er fort ist, einen genauen Stundenplan gegeben. — Er reist, und hat mir nichts gesagt. — Oh — er sagte, er sagte doch: Es wächst viel Brot in einer Winternacht. Und — er hat mir die Binde gelöst.

Ich liege ganz ruhig im Bett. Ein bißchen klopft mein Herz. Schwester, ich will heute ganz allein essen, nein, ganz allein. Sie lächelte. Schwester, beklagen Sie sich nicht in der Küche über die Mühe, die sie von mir haben. Beklagen, und sie lacht wieder; selbst die dicke Anna ist ja verliebt in sie. Verliebt in mich? Ach —

Die Frauen in fünf drücken fast die Scheiben zur Parkseite ein. Sie soll auch heute nachmittag spazieren gehen. Schwester Maria hat es gesagt.

Süht sei nich immer asen Jung ud mit dem witten Swetter und dem Pudel ub dat krus Hoor, ich seh ehr tau giern. Ob dei Arm woll weder ganz beter ward? Hei gift sich doch son Mäu mit ihr, segt Loore Niels.

Dor, Dor, da kümmt sei mit dei Swester.

Alle drängen noch mehr vor. Da springt Hanne Katt, die bis dahin gelegen hat, auf, stößt alle weg, das kleine Ding, und schreit, schreit es laut:

Die Knäbin! Die Knäbin!

Dies Wort packt die kranken Frauen. Die meisten steigen in ihre Betten. Der Arzt wundert sich abends, daß fast auf allen Kurven erhöhte Temperatur ist.

Die Knäbin. Bevor Lea Wandrin zurück, ist das Wort schon im Pavillon eins. Beim Kaffee erzählt es die Schwester, Leas Herz setzt fast aus. Schwester, wieviel Frauen und Männer sind hier. Ungefähr siebzig Prozent Frauen, eher mehr.

Und wieviel kommen davon wieder hinaus? Die Schwester zuckt die Achseln.

Schwester, ich will einen Spiegel haben, einen Spiegel will ich haben. Sie wissen, es ist verboten. Ich will, Schwester, ich will. Ich sehe mich ja unten doch in den großen Scheiben. Die Schwester holt einen Spiegel aus dem Schwesternzimmer.

Ich sehe, ich bin fast nur noch Auge, und dann das kurze Haar. Siebzig Prozent. Mein Gott.

Der Spiegel liegt auf der Erde.

Verzeihen Sie, liebe Schwester. Verzeihen Sie.

Ich lege mich jetzt ganz ruhig in den Erker.

Ich liege. Die Stäbe der Fenster sind ganz verschneit. Eiszapfen hängen von den Dächern. Die großen Blutbuchen sind über beladen. Das Abendrot fällt in meinen Schoß; wie ein blasser Rubin hängt der Himmel über dem Garten. Die Eiszapfen flitzern, und der Schnee flimmert, flimmert.

Warum weine ich plötzlich so fassungslos?

In fünf flammen die Lichter auf. — Eine Irre hat ge=
sagt. — Ich liege ganz still, schließe die Augen, nur mein
Herz klopft, klopft.

Wie kommt es, daß er plötzlich vor mir steht. Wäre
er's, er würde doch Licht machen, er würde doch. Aber er
steht vor mir. Und plötzlich löse ich den Arm aus der Schlin=
ge, und meine beiden Hände streichen leise über sein Haar.
Wie ein schwarzer Mond liegt sein Kopf in meinem Schoß.
Er atmet kaum und ich schließe die Augen. Du. Du.

Aber plötzlich zucke ich. Mein Blick fällt auf 5. Oh
Gott, stoße ich hinaus.

Kind, ich Kind, ich helfe euch ja, glaube doch einmal
und er streichelt immer und immer wieder meine rechte
Hand. Glaube doch einmal.

Er zündet das Licht an. Er zieht mir die Fenster zu.
Will dein wildes Herz sich schon wieder zerstoßen. Er bindet
wie eine Mutter den Arm wieder an.

Dann mache ich meine Berufung rückgängig, und
halte dich noch ein Jahr hier.

Mit welchem Recht.

Mit dem des Arztes.

Dummer Bub, was willst du eigentlich von mir. Ich
bin ja doch gar keine Frau.

Törichter Knabe, ich bin ja doch Arzt. Vielleicht bist du
noch ein kleines Mädchen. — — — — —

Blinde Sekunde. Ich — — — — — Der Mann vor mir

zittert auf. Ich — nicht ich — zwei Sterne reißen sich los, dringen ineinander, ich, nicht ich, dringen, fluten, ich nicht ich, dringen. Blut, Blut. Tot packt an — — — nicht — —

Ich liege im Bett. Er steht vor mir, die Uhr in der in der Hand. Oh, Gott, ist er wieder Arzt.

Über sein blasses Gesicht fliegt ein Strahl. Nein, kleine Lea Wandrin, nun bin ich dein Mann. Mein —

Wie ein Gebet heben seine blauen Augen mich auf.

War ich lange ohnmächtig, er schüttelt den Kopf, doch lange genug für mich. Trotzdem ich es wußte, du — Liebling, meine kleine, meine Mädchenfrau. Ich schreibe doch nicht nur Bücher. Ich lächle ganz wenig. Über Rückfallversuche und ihre Heilungen. Du — du.

Damals las ich zum erstenmal deinen Namen. Kamst du meinetwegen her. Ja, ich wollte mit dir sprechen, suchte dich, wollte keinen Umweg mehr. Hast mich erst im Kolleg mal besehen wollen. Ja. Und wirst mir dann — er streichelt so sanft die rechte Hand. Ich hab nicht mehr weiter gekonnt.

Kleine, kleine Frau, wir wollen . . . . .

Die Frauen in 5 warten heute, sie warten schon eine dreiviertel Stunde.

Endlich kommt sie mit dem Oberarzt. Sie ist heute im blauen Straßenkleid, der rechte Arm hängt in einer schmalen Binde. Die Frauen sind stumm, und zerdrücken sich die Nasen. Nur Hanne Katt fehlt. Sie ist in der Einzelzelle. Sie hat gestern abend plötzlich wie besessen geschrien: Dat Biest,

dat Bieft, hai fall nich, hai fall nich. Dies war zwischen sie=
ben und acht Uhr abends, als schon alle den Schlaftrunk
hatten.

Sie rafte, und man mußte sie aus dem Saal bringen.

Die Frauen sind stumm, aus der Ordnung gerissen,
sagen kein Wort.

Er öffnet ihr die Tür. Zum erstenmal seit Monaten
tritt Lea aus den Anstaltsräumen wieder in die Welt. Unter
ihnen am anderen Ufer liegt die Stadt.

Sie gehen schweigend zum Fluß hinab. Sie geht auf
den Fährsteig, während er für kurze Zeit zu einem Kranken
hinein muß.

Von der Stadt drüben stößt eben die Fähre ab. Wie
oft, wie oft hat sie sie als Kind getragen; wie oft hat sie sich
als Kind gewundert, daß diese paar Holzbretter so viel
tragen können.

Sie erinnert sich plötzlich einer Kinderfrage, sie sah
wohl zum erstenmal, daß auch ein großes Ochsengespann
hinübergebracht wurde, und als sie die Mutter fragte, wieso
denn die Fähre dies auch tragen könnte, hatte die sonst so be=
herrschte Frau gesagt: o, Frauen, und dann war sie stecken
geblieben.

Wie seltsam, daß ihr dies gerade eben einfiel. Sie ging
einen Augenblick ins Fährhaus. Menschen und Tiere wur=
den ausgeladen. Dann trat sie wieder allein auf den Steg.

Vom Meer, o, es war ja nah, kam ein weicher West=
wind. Das Wetter war die Nacht umgeschlagen. Die unter=

gehende Sonne lag auf den sieben Türmen der alten Stadt, ihrer alten Stadt. Die rote Sonne fiel in den Fluß und zerbrach, zerbrach in tausend einzelne Herzen.

Sie sah die Herzen der Mütter aufbluten, Tropfen auf Tropfen fiel und wartete auf etwas zum treiben. Und siehe. Der erste Nebelstreif über dem Fluß band die sieben Türme zusammen. Und ein großes stummes Rad lag über dem Wasser. Und die tausend roten Herzen flossen auf. Und das Rad drehte sich. Die Mühle fing langsam an zu mahlen.

Er war neben sie getreten. Wie sie sich fühlten.

Die Stadt vor ihnen verschwand.

Dann gingen sie Hand in Hand gelassen dem Irrenhaus zu.

Ende.

Sprechender Anhang.

Ob ernsthaft, ob komisch, möge der Leser — hier eman=
zipiere ich mich von Jean Paul — selbst entscheiden. Zu=
gunsten einer anmutigen Umwelt verzichte ich auf das Recht
des Tyrannen. Denn jede Dichtung ist Tyrannei und An=
griff auf den nackten Popo meines Nebenmenschen, der jeder
nur zu geneigt ist, sich in vierblättrigen Klee, statt in den
Stacheldraht eines verfänglichen Gehirns zu setzen.

Oder — da der Kalender auf das Jahr 1920 wieder
keinen großen Philosophen verzeichnet, so muß ich leider da=
rauf verzichten, mich mit meinen ach so heterogenen Lesern
auf einer gemeinsamen Basis zu verständigen. Wieviel besser
hatte es doch Jean Paul mit seinem kleinen Kant, dem er
sogar ganze 25 Lehrjahre gab. Lest. Lest den Siebenkäs —
— — — — während ich selbst für den größten Lebenden
keinen Dreier gebe, was in Lebensjahre umgerechnet 10
minus Null ergibt. Ich fand zwar einmal die Gegensatz=
paare eines male=konkreten, doch nicht hyperphysischen
Systems.

Wer nie unter der Uhr stand, war nie zeitlos, und es kommt darauf an, einmal Klang zu sein und nicht Zeiger. Nur die Urnacht konnte in Jahrmillionen denken. Denn — die Urnacht war kein minutiös ausgefüllter Kreis mit Watte umpolstert. Nein, Eisblöcke und Lava hatte der Schöpfer zu durchschreiten, bis die Zone des ersten Tier= kreises stand.

Es kommt aber darauf an, jeden Kreis wieder zu durch= brechen. Vielleicht fror nur darum in einer Winternacht der Schnee zur Asymptote, daß einer mit seinem Gaul darüber hinsauste, um sich sein Pferd an eine Kirchturmspitze zu bin= den. Und nun eine Frage, glauben Sie wirklich, daß es auf der ganzen Welt einen Menschen gäbe, der aus Narretei eine Frostnacht auf Türmen verbrächte?!!!

Nein, um der Erkenntnis willen hat er die Stufe des Schnees zur klaren Kälte genommen. In solcher weißen Nacht bereitet er die Abblendung der heiligen Bilder vor.

Der Klang der ersten Morgenröte gießt neuen Wein in seine hohen Kristallkelche. Und nach dem unerhörten Rund= blick zerschlägt er den Kelch, das heißt, er schießt sich und den Gaul herab.

Einer wird immer dran glauben müssen.

Und nun frage ich Sie alle: Fand einer von Ihnen schon einmal an einem Wintermorgen einen Kadaver vor Kirchentüren? Um aus seinen Eingeweiden zu lesen?

Ich, ich suche nach einem Kadaver vor Kirchentüren.